[波兰]瑞法·斯卡瑞凯/著 & [波兰]托马斯·卢希尼亚克/绘
吉米探案
吴俣/译

吉米探案

古堡探秘

[波兰] 瑞法·斯卡瑞凯 / 著
[波兰] 托马斯·卢希尼亚克 / 绘
吴 俣 / 译

中国铁道出版社有限公司
CHINA RAILWAY PUBLISHING HOUSE CO., LTD.

第1章

如果人的伟大在于能够测量他对手的实力，毫无疑问，在10岁的时候，我已经远远将大部分同龄人甩在身后了。毕竟这不是巧合，两个学校里最大的“流氓”分子，他们生活最主要的目的就是用各种方式整我。为了避免有人不知道这两位友人是谁，请看下面：

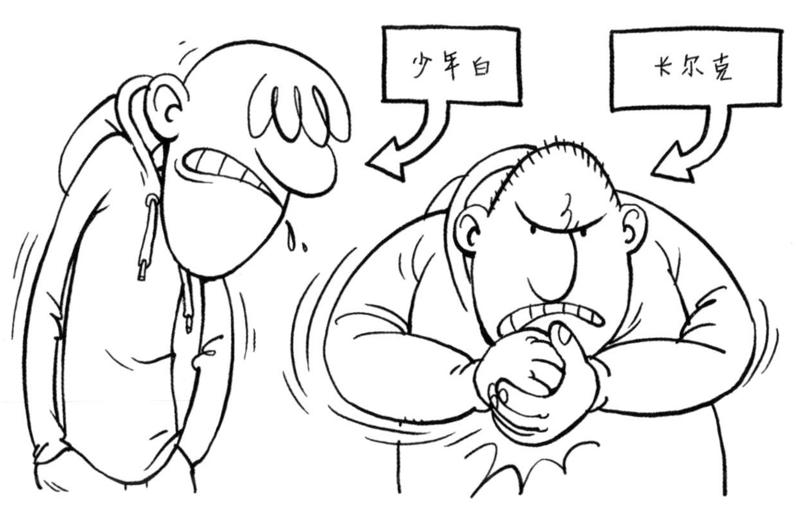

对我来说，这事儿就是这样。可遗憾的是，并不是所有的人都跟我持有一样的观点。这些人中第一个就是——吼猴。

我还是不敢相信，我跟她有一半的基因是相同的。我曾经试图跟父母弄明白这件事，但进展得不太顺利。

幸运的是，我还有伙伴们，他们能理解一个人，比如我，真正的价值。

还有卡罗拉——她也是我的伙伴。不过她表达认可的方式很女生。

这次我并没有做什么特别厉害的事，但他们这样让我感到很温暖。更重要的是，这次我还需要一点点帮助——尽管我肯定能自己搞定！主要是，学校其他的孩子们并不知道究竟发生了什么……呃，他们对有些事实的理解不正确。具体来说就是这个事实：

储藏室
禁止擅自进入
救命！
我要窒息了！
吉米？
你在这里干什么？
你们看，
小婴儿被吓得
尿裤子啦！
我才没有哭呢！
我只是对灰尘
过敏！

听我慢慢道来。所有的事开始于大课间的时候，下课铃一响，肥仔就从椅子上跳起来冲出去，注意了，用妈妈的话讲——“像箭一样”。

肥仔还不知道，他正冲向危险！可怜的家伙。

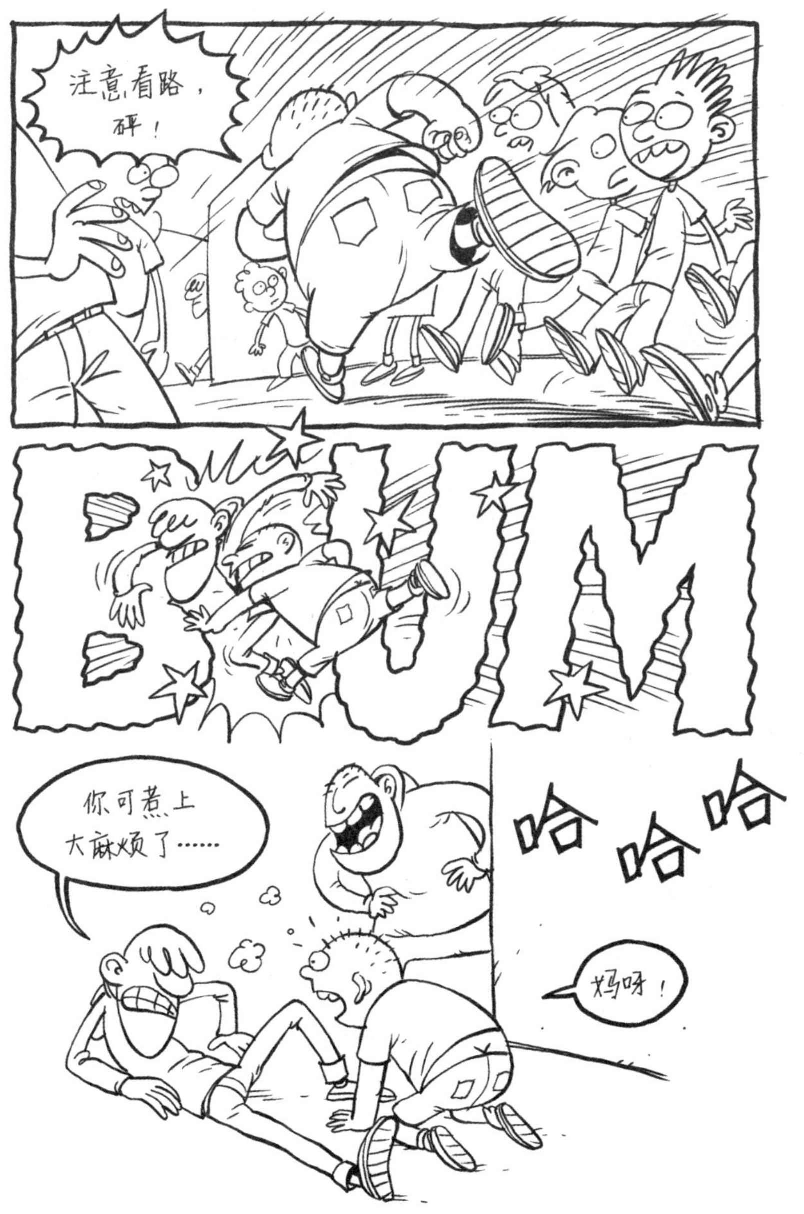

“对不起。”肥仔小声说道，但对傻大个来说，这没有什么意义。

卡尔克将他拎起来——毫不费力，我必须承认这一点，而少年白打开装盥洗用品的储藏室。当然“装盥洗用品的储藏室”这样的表达听起来没什么问题，也完全没有什么可怕的。因为一般让人想到的是这样一幅景象：

而我们学校装盥洗用品的储藏室看起来差不多是这样的:

请相信我，如果我给图片上色，哪怕只是稍微画点颜色就够可怕的了。所以，不用觉得奇怪，当肥仔意识到傻大个们要将他带到这里时，他的眼睛就变得呆滞无神了。

或许有人说我有各种各样的不好（特别是吼猴，她总是对我有一些不太友好的看法），但我绝对不能允许有人可以肆无忌惮地将我的兄弟关在装盥洗用品的储藏室里，或是叫他“死胖子”，哪怕他确实有一点胖。我不假思索就开始行动了。

我不想自我夸耀，但不久前我获得了空手道的蓝带。我知道，你们在想什么——只需一会儿工夫，我就能将少年白和卡尔克打倒，对吗？

但你们必须知道的是，真正的空手道选手会尽一切可能避免打架。每一个武士都会这么做……所以我很快补充道：

可惜的是傻大个们跟我的境界差太远了。哎，他们的行为刚好印证了爸爸的话——头脑简单，四肢发达。

嗷！
砰
咣
啪
嘿嘿
啪
哈哈哈
你还在这里等什么？
要么赶紧滚，要么把你和
他关在一起！
嘭嘭

我要解释一下——我对肥仔没有意见。第一，没有他储藏室里就已经够挤的了。第二，他并没有逃跑，而是跑去校长办公室求救了。在救兵还没来之前，我还有太多的时间，让我意识到我的处境是多么糟糕。

我的心脏突然间加速跳动。砰！砰！砰！胸部都差点要裂开了。舌头像是被钉住了，胃都快要跑到嗓子眼。嘴边有苦涩的味道。吸气！呼气！吸气！呼气！我像一只疲惫的狗狗一样喘着气，我以惊人的速度消耗着储藏室里仅有的氧气。这时候我感觉到了，后背的墙开始向我推过来！

我不是害怕，绝不是因为这个原因！我不是一个胆小鬼，只是小孩子不喜欢封闭的空间。特别是这种封闭的空间还在急剧地缩小中，我这辈子都没遇见过。眼前出现的盲点在跳舞，空气被压缩得越来越厚重，尽管我在拼命地呼吸，但它仍不能填满我整个肺部。如果我不是一个硬汉，我都不知道我还能不能从这种困境中脱身。当然，我或许还是会求救那么一两次。

最终，门被打开了，而一秒钟之后，刺眼的光线刺激了我已经习惯了黑暗的眼睛。或许没有人会感到奇怪，因为对灰尘过敏很好地解释了为什么我的眼睛会红红的，并且在流眼泪。这完全是生理现象，不是因为害怕。但你没法儿去跟这些傻大儿个们解释清楚……

顺便说一下，我还必须向校长解释这一切。

或许这不是最高明的解释，但管他呢！——你们中有谁能在这时候想出更好的，特别是十几秒前你还在跟死亡搏斗？

心中的石头落下仅仅是为了让另外一块石头放上来。

“好……午餐后你带上学生手册来我办公室一趟，”校长咬着牙说道“我想给你的父母写几句话”。

“但为什么？我可以跟他们解释这一切的。”我试着拯救局势，但校长的态度很坚决：

“我认为，他们应该了解我的看法”。

机智如你们，或许都不用我解释，为什么我会觉得很不安了吧。我不知道校长会在我的学生手册里写什么。与生俱来的聪明才智让我想到，校长的话将会被家里人深度分析和广泛讨论。

一本大书
100
100

第2章

如果你们认为，警官是一个见过一些世面，因此能控制自己情绪的人，那么也许你们说得没错。为了不让我的话显得不负责——请看，这是我警官妈妈的反应，当她仅仅瞟了一眼学生手册上写的注意事项后：

现在是21世纪，但我知道，仍就有一些人，他们会认为这是因为性别的关系——对于这些人，我有一个坏消息给他们。这是我爸爸的反应，一个男人，还是一个非常有能力的汽车工程师：

我没想到的是吼猴站在我这边。

“我可以去吗？”

尽管一方面我想给吼猴一拳，但另一方面又给我了一丁点儿希望。毕竟我有可能去夏令营了！这种机会一年只有一次——一星期没有爸妈在身边，24小时和小伙伴们在一起。怎么可能少了我？

“儿子”，而不是“年轻人”，也就是说有机会！你们肯定知道，当爸爸用“年轻人”这个词的时候，可不是什么好事。我知道我在说什么。经过十年，让我有足够的时间编一本翻译爸妈话外音的辞典。

翻译爸妈话外音大辞典

“年轻人”	“儿子”	“吉米”
你要注意了！具体说，就是你把事搞砸了！我绝不能同意……	嗯，嗯……或许你说的有点道理？我还需要一点时间去完全消化你的那些观点。	好吧，好吧！我都同意，毕竟你是我的孩子。

作为一个有经验的人，我坚信，这时只需给爸妈一些时间安静地思考。我说道：

“那我去温习功课了。”

“你们班”，而不是“你和你们班”这个表达有点让我感到受伤，但我没有丧失理智。毕竟我是属于那种在压力下还能随机应变的人。于是我毫不犹豫地说道:

这世上永远不缺很傻很天真的人们，我早就料到，吼猴会表现出某种程度的同情，甚至有点担心我。跟我猜想的一模一样，这完全是出于她的私心。当我走了，我的房间就空了，而安卡可以利用这个机会邀请她的好朋友来过夜。

她不会问我的意见，等我回来后就会被吓到。

但在这时候我并不打算揭发姐姐的真实目的，也不打算抗议她的闺蜜在我房间过夜。成功人士应该学会抓大放小——现在最重要的是和全班同学一起去夏令营。毕竟最重要的事我已经沟通好了。

所以我小声将房门关上，真的拿了一本书在手上读。不是因为我喜欢读书，而是我的游戏机正在下载最新的游戏。成功人士的特点是意志坚强……他们能抓住重点。

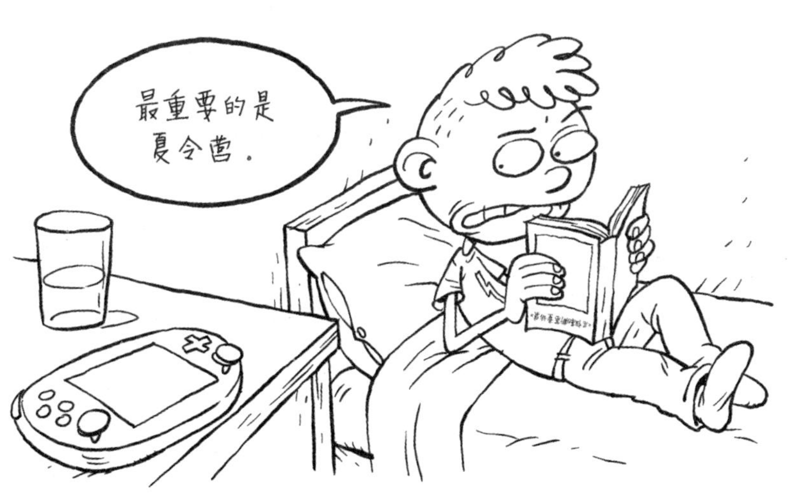

于是我乖乖地坐着，盯着那些字，却完全不能将它们组成句子。所有都是因为，注意了，引用妈妈的话说——“我在竖着耳朵听”，也就是说我在努力听爸爸妈妈究竟在说什么。厚厚的墙和关上的门让这个任务的难度增加了不少。但像我这类人是不会被这种问题难倒的。

你们要明白：我不是鼓励偷听。但成功人士会做一些小动作，为了……获得成功！玻璃杯的效果太赞了——我现在可以听清楚每一个字。但我现在听见的事，让我的脸不自觉地拉长了。

我期待他们聊一些重要的事，比如说跟夏令营有关的，但爸爸妈妈非但没有聊这个，反而在聊妈妈工作中从来没有出现过的事。好吧，她现在处理的事非常困难，也非常受人关注，妈妈因此必须好几次在镜头前谈论这件事。遗憾的是，她近几个星期来的讲话都看起来差不多……

和记者们的谈话，妈妈可以用“侦查需要”，“这是机密”等等之类来掩饰。在家里，我们则十分确信——情况看起来不太好。

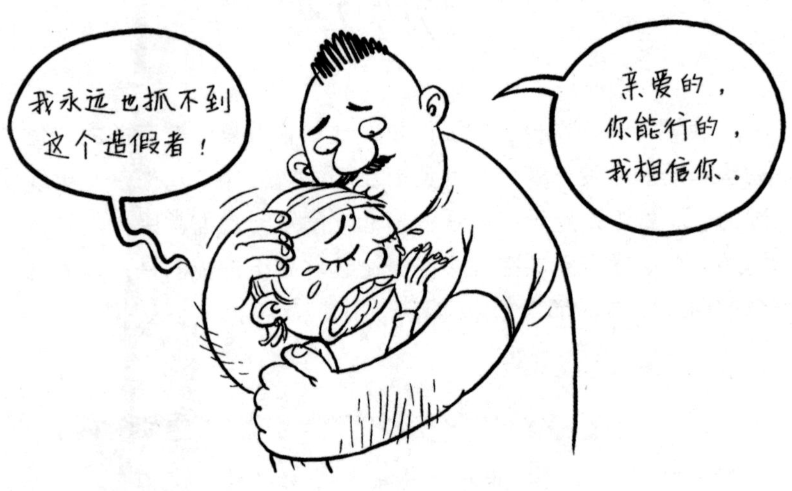

我必须承认，爸爸的信心从来没有减弱，哪怕他的一个客人对他使用了假钞。这就是真正的爱情！

但在这一刻，我对犯罪案件并没有我对我的社会教育上心——因为毕竟社会教育才能让我去夏令营，对不对？为了让我们学会独立，同时也要适应集体的生活。我马上想到要提醒爸爸妈妈意识到这一点，但我的理智告诉我，现在最好是向他们展现我的成熟和意志力。

完胜！爸爸赞同地点点头，我出去的时候听见他跟妈妈说：

“我是不是说过，狗会教吉米变得有责任心？”

“吉米”！哈！多好的称呼——也就是我！散步的时候我给帕普特充足的时间。我们生命中有时也要依靠动物，对不对？我们在小路上溜达，最终我的手机收到了信息。

我还没来得及回复，手机又收到了一条。

“对不起！”我说道，我快速朝楼梯的方向奔去。我不能再浪费时间了。我边跑边回复维泰克“什么都别担心，我赶得上！”。我要去了！这是最重要的事！我恨不得现在就开始整理需要装进背包的东西，但帕普特却觉得，散步还没有结束。

第3章

时间是相对的。感谢爱因斯坦，让我们知道这件事，但知道和亲身感受是两回事。这个周末向我证实了这一点。这是我生命中最长的周六和周日。我星期五晚上就收拾好背包了。这两天我非常努力地不犯任何错。众所周知，我现在是，用人们的话说——“受管制的”。当然吼猴仍旧不断想证明自己的无知，在各个方面挑衅我，因此我必须做很多事。

我必须做的事的短清单

1. 安长坚持要哀嚎，她认为那是唱歌，为了不惹恼爸爸妈妈，我对此不做评论。
2. 一些吼猴刻薄的评论，比如“睡觉时抱的娃娃带去了吗？”女人啊！我二年级开始睡觉就不抱娃娃了！！！
3. 带帕普特去各种散步遛弯——深思熟虑后，我认为从我的角度看这有点显得过分殷勤。
4. 安长的哀嚎！！！！！！！！没完没了！！！！！！！！

如果有谁认为，我的周末过得不容易？有谁想跟我换换吗？我没有看到……不管怎么说周一的早上终于来了，我脸上洋溢着笑容，和妈妈一起充满期待地来到校车跟前，我们要去城堡留宿。悠久的历史和美丽的风景在那个地方相遇——至少我们的思想政治老师雷什卡女士向我们展示的宣传海报上是这么说的。现在，雷什卡女士走过来，看了我一眼，然后转向我妈妈说道：

声明？怎么又有什么声明？我睁大双眼，但妈妈早有准备——她从包里拿出一张折叠好的纸。雷什卡女士打开纸，认真看。

"希望您能理解，这只是一个形式。"雷什卡女士尴尬地笑道。

这种不自然的笑容让我一点也不感到意外——我在语文课上讲了那么多笑话，但到目前为止，我依然没有成功让她的嘴多张开哪怕一毫米。

"我能理解。"妈妈面无表情地回答道，而我则四处张望，看看其他家长是不是也带来了这样的声明。但看起来……其他所有人都忘了这种"形式"……

妈妈难过地看着我，而我则闪电般意识到自己犯了一个 faux pas（指的是之前犯的“错误”，这是法语——我们班的人很自然地会每天使用外语）。

“你别担心，妈妈。你肯定能抓住他的。”妈妈看起来并没有完全相信我的话，所有我补充道：

爸妈们怎么会那么热衷于在别的孩子面前拥抱或多次亲吻他们的孩子？难道大人们不知道这很蠢吗？但当他们开始哭泣的时候……太恐怖了！

妈妈完全不顾我的抗议，更加用力地拥抱我。我警惕地环顾四周，看看其他孩子们是不是注意到我了。幸运的是，每个人都有自己的烦恼。

“你向我保证，这次你会离麻烦远远的。”妈妈直接看着我说道。

“我保证！”我费劲地说道，因为妈妈真的将我抱得很紧，而过了一会儿，她还在我的额头上亲吻了一下。

当大巴来的时候，这些令人恐怖的事终于结束了。只要再快速检查一下到场的人数，将背包放到行李箱，我们就可以坐到车上了！

“我读了好多关于城堡的趣味故事！在路上的时候，我跟你们讲！”

我认真地看了看卡罗拉，想从中找出某些个线索暗示这是一个笑话。但完全没有。一旦提到知识，这个女孩从来不开玩笑。真糟糕，每个人都有缺点。哪怕是我也有缺点，尽管你们可能很难相信这一点。

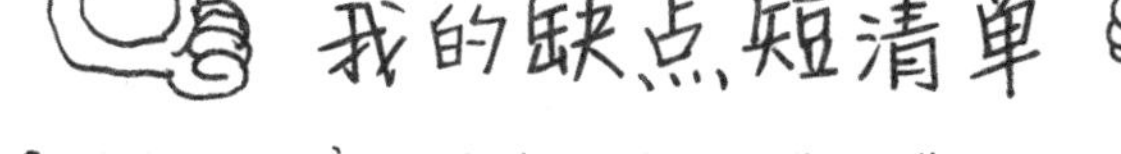

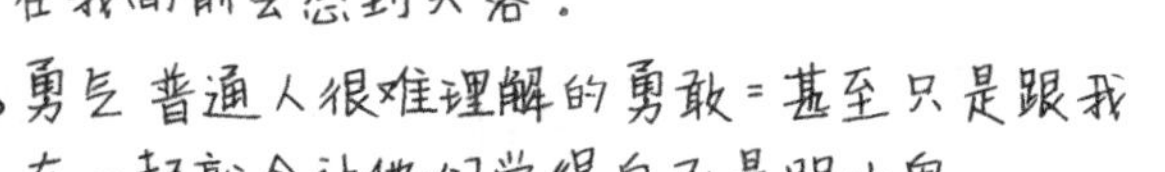

“孩子们，上车了！”

我听到这个声音，不禁做出吃惊的口型！不敢相信！看来很明显的是，除了雷什卡女士外，还有一个人必须跟我们班一起去，而他就是……

我本想努力装作不在意，但这很难做到。在我还没来得及上车坐下时，校长拦着了我。

在这种情况下，请你们允许我，在去城堡的路上戴上——注意了，引用雷什卡女士的话说，“沉默的面纱”。在最后一小时的时候，我们进入绵延的森林道路中，司机每隔五分钟就要问校长和雷什卡女士，他们是不是知道我们究竟要去哪里，但除此之外，没有发生其他值得一提的事。我必须承认的是，当我们终于抵达目的地时，城堡让我们感到很震撼。

哇！
太赞了！
您确定我们就是在这里过夜吗？
是的……
当然……导航是不会错的。

“你们是第97小学的吗？”一个尖锐的男声将我们从混混沌沌中拉了回来。

“是的，我是校长。”校长快速将手机放到裤子口袋里，伸出右手去握手。

“当心，小男孩！”卡普斯特卡尖锐的声音刺痛我的耳膜。“这很危险！”

我环顾四周。

“什么情况，先生？”我问道，尽管机智如我，有时候也会搞不清楚情况。

“这是一座古老的城堡，需要当心。”管家向我介绍了我走的那条小路。“这里正在维修，到处都是坑啊，洞啊的……您必须要求孩子们只能走被标记出来的小路。您明白吗？为了健康和安全。”

“健康和安全第一。”校长笑道。

嗯，没错，他发现了，如人们说的那种——知己。

“剩下的”？我吃惊地偷偷看了看校长。不仅仅是我，甚至雷什卡女士也不知道他在说什么。

“校长先生，和我们一起的就是四年级所有的学生了。”雷什卡女士一边说，一边调整了一下眼镜。这是一个清楚的信号，说明她感到焦虑。我上一次看到她是这样的状态，还是当维泰克问她，听有声读物能不能算作阅读的时候。

“是的，是的，但是……”发动机的轰鸣声打断了校长。“噢！他们到了！”

从远处驶来第二辆大巴，而从上面下来的是……

本来一切都很美好！我可以有七天远离家务，吼猴和学校常规的事物。所有的事都那么美好，除了一个小意外。

第

4章

眼不见，心不烦——我能获得这条生活的智慧正是归功于安卡。姐姐一般都是用这种方法开始讲话的：

不管怎么说，我打算把这条格言也用在少年白和卡尔克身上。我希望你们不要误会：我并不是打算躲避他们。我只是要将自己的时间好好安排一下，尽量减少和这俩傻大个儿面对面接触的机会。

你们懂的，我已经足够成熟，所以不会在意那些嘲讽的话："相爱的情侣！"或是"嗨，吉米！什么时候举行婚礼？"事实上是，卡罗拉是一个聪明、能干、长得很漂亮的女孩，但这不足以让我爱上她。对我来说，卡罗拉是我的女同学。而同学们是可以一起在森林散步，特别是跟生物研究项目有关的时候，对不对？所以我补充道：

“那我们走吧。”

卡罗拉表现得毫不在意。我被她这种成熟的表现惊到了。好吧，在这种情况下很显然，所有重要的事我都只能依靠自己，或许我应该已经习以为常了。在每一个群体里领导者都是必不可少的——而所有一切都表明，这样的角色是我的宿命。所以我必须照顾好卡罗拉、兄弟们及我个人的安全。

维泰克和肥仔咯咯笑道。

“放心了，这里没有吸血虫。”肥仔挥挥手。

“你不会是害怕了吧，是不是？”维泰克意味深长地看了我一眼，如果我的心理素质不好的话，肯定会觉得有压力。

“吉米说得对。”太棒了，卡罗拉！“我们喷一下，然后继续走！”

你们懂的，喷防虫喷雾这个想法在我看来完全没有任何问题。遗憾的是，尽管聪明如我，也很难预见所有的后果……

所有的功夫都白费了。少年白抢走我的喷雾，也没有读一下说明，就将喷雾在腋下喷了好多。

肥仔和维泰克尽量忍住不让自己笑出来。我咬紧舌头，防止说出口中呼之欲出的恶毒的话。

“给我，我也要。”卡尔克毫不客气地喷在腋下和胸部，将整瓶都用完了，然后将喷雾扔在我脚边。

傻大个们为自己感到很自豪——相互击掌，少年白边走边回头，并且看着我的眼睛说道：

突然间，给植物分类这个主意在我看来变得不那么好，但却必须做。因为当你想说A的时候，你必须要说B。我将防虫喷雾放入背包，和其他人一起走进森林的灌木丛中。情况会怎么样？冒险欢迎你？

机智的人，比如说我，能够快速地得出结论。所以只需要十几分钟后，我就发现，只有电视上的探险看起来很棒。

而事实上却完全不一样——而且不仅只有我是这么想的。

最后一句话我说的，注意了，用爸爸的话说，“不是时候”。准确的是说，不到一秒钟之后，某个重物就掉到我肩膀上。

“啊啊！”我尖叫道，不自觉地跳到最远，因为在我脚边扭动着……

“啊啊啊！”

兄弟们喊得比我还响，他们分别向两边跑去。卡罗拉捂住嘴巴，被吓得一动不动。我很想拔腿就跑，但我不能把她就这么留在那里。更要命的是，蛇正在朝卡罗拉的方向移动。我感觉汗如泉水般流下来，心脏疯狂地跳动。没有时间了！我鼓足劲，去救卡罗拉。

我们得救了！至少这一会儿是这样。我们倒向草丛中，荨麻粘在我们的手臂、脖子和脸上。但在这一刻，这都不重要。

“还好吧？”我快速地确认道。

“我的骨头应该还没断。”卡罗拉说道，而我看向蛇的方向。

蛇没有动——它肯定在思考如何攻击我们，怎么释放出毒液。我注意到有一根棍子在旁边，我将它拿在手中，跟卡罗拉说道：

啪！啪！啪！鼓掌？有那么一会儿，我以为我产生幻觉了，但当我听到愚蠢的笑声，我就知道这是怎么一会儿事了。

“你们还在赶一只动物。”少年白好像完全不在意蛇，还将它握在手中。“噢，就是这个，叫什么来着……蠕虫。”

傻大个们发出大笑，而我则感觉脸颊滚烫烫的像被热浪袭过。

“哇！这很适合你们：蠕虫给蠕虫般的人！”少年白朝我的方向扔“蛇”，于是我明白之前这个爬行动物落在我的肩膀上是怎么回事了。

“不能这样！这是一个活的动物！”卡罗拉正义地站出来保护蠕虫。

傻大个们完全无视这些，一边笑着一边走远了。而我则看着蠕虫在我脚边移动。

“无腿蜥蜴。”

我现在才看到，卡罗拉的脸像甜菜根一样红，浑身颤抖。我在想，她究竟是因为对傻大个们的愤怒，还是因为被骗了所以难为情。

哎，卡罗拉是独生女，所以她不懂得如何应对那些愚蠢玩笑的人。并不是吹嘘，我在这方面就很厉害。我必须承认，吼猴就关心我能不能很好地应对这种场面。当然，姐姐从来没有弄过复杂的恶作剧，但至少因为她的缘故，少年白和卡尔克的这种玩笑就不会让我感到太吃惊。如你们看到的那样，有兄弟姐妹，哪怕是不友好的兄弟姐妹，也不是什么坏事。或许爸妈早就知道该怎么做？但我没有时间继续深入思考这个问题了，因为不远的茂密树丛中开始发出沙沙的声音。

我努力维持着最无所谓的表情，期待最终从树丛里出来的是傻大个中的一个，装扮成野人的模样。今天我的期待又一次跟现实不一致。因为从灌木丛中最终出来的，不是六年级的蠢货，而是……他。

这样说来，你们最好还是待在那里。森林到处都是危险。

第

5章

如果某个时候你们在琢磨，有幽灵在肩膀上是什么意思，那么我现在的处境就非常符合这个俗语。已经几乎半夜了，我却没有和维泰克、肥仔一起坐在房间里讲鬼故事，反而蜷缩在城堡正在装修的黑暗角落里。

我还能期待什么？这一开始就不是什么好事。你们还记得那个我和卡罗拉在森林里见到的怪人吗？当然记得。那种人是很难忘记的。跟我姐姐有点像——他们俩都是不用化妆就能直接演恐怖电影。此外，这个男子不仅仅是，用爸爸的话说，“面目模糊的”，在他的身上还散发着神秘的气息……令人感到恐怖。我知道我在说什么，因为当他带着我和卡罗拉来到城堡时，我生平第一次感到很欣慰能看到……校长。

“我们只是在收集自然研究项目需要的信息。”卡罗拉像英雄般地尝试着解释，“什么坏事也没干。”

校长只是转过头，看着那个怪人。

“您是……”

哇！我必须承认，我下巴都惊掉了，因为我意识到，现在站在我面前的是活着的传奇。对寻宝感兴趣的人们当然都听说过他的名字。而有一件事我很清楚，我很感兴趣，我不是炫耀，我在这个领域还是获得了一些成就的，但这是另外一个故事了。

我看着眼前这个身体健壮的寻宝者，迅速想起他最重要的一些成就。

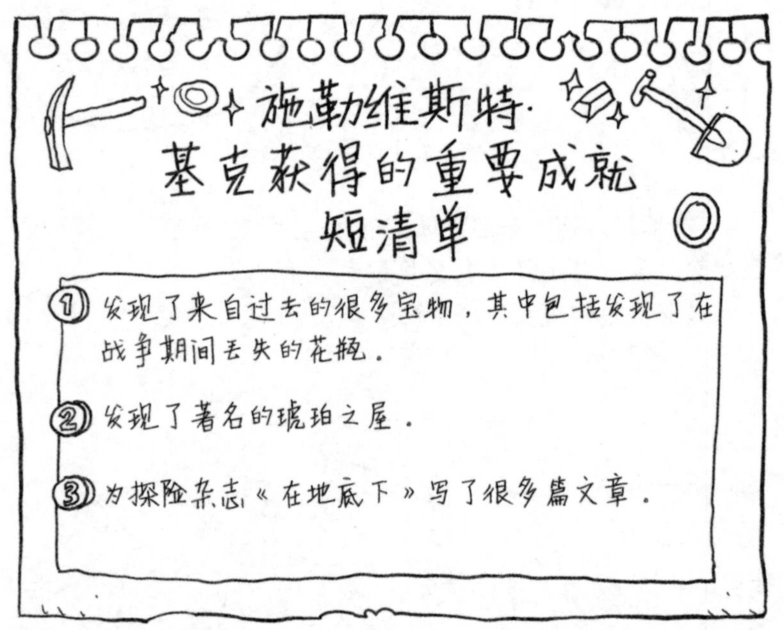

你们肯定想到了，就像每一个成功人士那样，基克也有不少敌人。他被指控用了一些不诚信的方式将一部分的宝物私自留给了自己，但在我看来，这些都是那些嫉妒的人对他的污蔑。我知道这样的事，因为我每天都会遇到这种嫉妒的人——你们猜的没错，我说的就是吼猴。但校长却有点搞不清楚状况。

太棒了，华生！像基克这样的人还能在这里干什么呢？采蘑菇吗？！一方面我很想大声地拍一下脑门，另一方面，我感觉蚂蚁在肚子里爬动。天哪！如果这里有基克，那这里肯定有宝藏！我不会弄错的。

“啊！莫尔特的收藏品……”校长的声音明显比听到寻宝者的名字时响多了。“您觉得那些画作被藏在森林的某个地方？”

我又一次感到羞愧，负责教育我的人竟然如此幼稚。画会在森林里？或许还被埋在地下？我不由自主地哼哼道——与此同时，基克也是这样的反应。

“在地面上的不止是城堡。”基克这种用力说话的方式，让我的后背开始冒汗。“还有……”

“啊！”校长又一次叹气道，然后是一片令人尴尬的寂静。直到有人打破了这种安静……卡普斯特卡高声喊道。

“您，您……”管家刚刚从激动中缓过神来。“我让您不要来这里！这里……是私人领地！我的领地！”

基克朝脚边吐了一口口水，骂了一句脏话，我从来不当着女性——也就是卡罗拉的面这么做。他一只眼睛愤怒地翻转着，另一只眼睛却始终不动。直到后来我才意识到，那只眼睛是假的。

基克转身走了，一会儿工夫就消失在森林深处。卡普斯特卡马上就开始审问我们，寻宝者想要什么，我们和他聊了些什么等等。校长用几句话就把整件事跟他说清楚了。卡普斯特卡脸上一阵白，一阵红，直到最后他说道：

“我以为，您知道安全守则。”卡普斯特卡直接看向校长的眼睛，而校长——注意了，引用维泰克的话说，“羞愧得满脸通红”。

“对不起。这种事再也不会发生了。”

“我希望如此，不然下一次违规，我将要把你们请出城堡了。”

卡普斯特卡转身走了。校长看着我和卡罗拉。

“但是……”卡罗拉试图反驳，我必须承认，这让我感觉很温暖。

“够了，你们回城堡吧。”校长并不想了解细节。

你们懂的，有时候我会觉得，人们，成年人，他们失去了交流的能力。他们对别人想跟他们说什么并不感兴趣，他们只在乎说自己想说的话，很多人都有这个毛病。

有这个毛病的人的类型清单

1. 警察——最常见的缺点。
2. 电视上出现的人。
3. 公务员——幸运的是不是所有人都这样。
4. 老师——显然也有例外。
5. 姐姐——毫无例外。

我希望，等我长大后，我不会成为这样的人。校长还补充道：

“你们可以走了，因为你们快赶不上晚饭了。”

还能怎么办，我耷拉着脑袋和卡罗拉一起朝城堡的方向走去。

我应该录下来或者请求她写下来——毕竟这种关于我的话很少会从卡罗拉的嘴里说出来。但我只是咧开嘴大笑——你们知道吗？——这是我能做的最好的事了。卡罗拉也笑着回应我，校长的责备仿佛消失不见了。我的脑子迅速被藏在城堡地牢里珍贵的莫尔特的收藏品占满。当我吃完最后一口晚餐，我已经明白我该做什么了。

“你不是说要远离麻烦的吗？”卡罗拉提醒我。

我坐在城堡阴暗的角落里，陪伴我的只有一只小老鼠，我已经明白，她的想法是好的，甚至她说得有道理。她是，像通常说的那样，理智之声。哎，但我打算听另外的声音，甚至是另外两个的声音。

“那计划是什么样的呢？老大。”维泰克在眼镜后面眨着眼睛，而肥仔一口咬下半块奶酪。

“必须要好好观察一下。”我小声说道，因为我不希望有人不小心听见关于宝藏的事和我的计划。

“侦查……”维泰克马上冒出军事术语。很显然看军事电影还是有好处的。“什么时候？”

“我加入。”维泰克因为兴奋而不停地擦拭眼镜。“我们什么时候动身？”

“应该是我什么时候动身。你们留在这儿。”当我说完，兄弟们露出不敢相信的表情。他们是这样的：

“你们要保障后方。”

“具体说呢？”肥仔完全没有听懂，他甚至没有试图掩饰一下。

“你们留在房间里，以防万一校长想检查一下我们是不是在干坏事。你们就告诉他，我希望不要被叫醒。他必须要相信，我正在做一个好梦。”

“但如果你发现了……”维泰克不死心。

“我不会忘了你们的。除此之外，我现在必须先找到地牢的入口。”

我用非常确定的口气说道，我自己都要被说服了。卡罗拉却没有被我说服，虽然她没有直接说出来——但只需要一个眼神，我就知道她在想什么。

在离午夜12点还有十几分钟的时候，我从房间里溜出来，如行话说的那样，像一个寻宝者一样开始探索未知的东西。未知具体指的就是城堡，就是卡普斯特卡禁止我们入内的城堡。当然，在我找到地牢之前，我还必须完成两件事:

在找到地牢之前，
我必须完成的两件事

① 知道哪里是地牢的入口

② 得到关于地下布局的规划图（因为迷路不是我的风格）

我像一个游荡在走廊上的鬼魂，心脏跳得很快，我努力将一切都看清楚。

当我开始觉得自信了一些后，在走廊尽头的门发出令人不安的嘎吱声。这种情况下，如果没有像我这么镇定，肯定早就吓得逃跑了。而我却表现得很冷静，环顾四周寻找藏身之处。

不到一分钟的时间，我就蜷缩在盔甲骑士的后面了。直到这时，我才看见不仅仅是我将这里作为藏身之处。

接着，走廊尽头的门砰的一声被打开了。在墙上明晃晃扫射着手电筒的光。传来低沉的脚步声。这时我才看见，是谁朝我的方向走来，我感觉仿佛有鬼魂站在我的肩膀上。

第6章

人分为两类，一类人会不惜一切代价避免冲突，而另一类人明明知道不能再继续了，但仍旧不怕招惹麻烦。恐怕不用我再解释了，我究竟属于哪一类人。我记得卡普斯特卡的警告，我也知道校长、雷什卡女士，甚至卡罗拉会怎么说我——但我依旧在不到一秒钟之内就做了决定。

卡茨佩尔·卡普斯特卡在废弃的城堡走廊里游荡，而我则偷偷摸摸地跟在离他几米远的身后。我就像一个幽灵，或是一个影子。几年的训练可不是白费的——我认为，肯定有人会懂得我训练的意义！

当然，现实中一切并不会完全像游戏一样。

但最重要的是，别让我被发现。过了一会儿，我们经过下一个通向正在维修区域的被保护地带。我认为，这是唯一一个可以证明城堡里正在进行什么样工作的地方。但实话说，到目前为止，我没有看到任何一个工人。如果管家是我，而不是卡普斯特卡的话，我肯定会关心一下是不是一切都在高效地运行中。但我没有时间管这事，因为我的任务是跟踪调查，就是通常说的，发现线索。

遗憾的是，我没有穿得暖和一点，因为我手臂上开始起鸡皮疙瘩。另一方面，寒冷能让我保持机智的头脑。我心脏快速而剧烈地跳动着。空间越来越狭窄，而我不喜欢狭窄的空间。如果这时卡普斯特卡决定回头，那么我就——注意了，引用爸爸的话说，“像热锅上的蚂蚁”。但管家并没有回头，几分钟后，我到达出口。

我运气不错——正好是满月。月光——卡罗拉肯定会马上更正我说，这是月亮反射太阳的光，照亮了小路。因为卡普斯特卡是沿着小路走的，所以让我的跟踪变得很容易。在路的尽头出现一个像巨石的东西。

好奇心让我又一次掉以轻心。

如果有人没有那么聪明的话肯定会认为，既然再一次学猫叫可以解决问题，那么就应该用这种被验证过的方式。而我则很灵活，能够根据环境调整自己的行为。

成功了！卡普斯特卡接着检查了一下石块，拉了几下，然后朝城堡的方向返回。当他经过我的身旁，我屏住呼吸，之后赶紧跑上前，看看管家大晚上究竟在看什么。

我的脸上如热浪翻滚，手掌冒汗。我兴奋地揉了揉鼻子，我十分确信，我现在看到的就是地牢的入口。地牢，除了有很多神秘的故事外，还藏着莫尔特的收藏品。正如卡普斯特卡几次拉门锁一样——门锁牢牢地锁着。还有一件事。既然被我发现了，而施勒维斯特·基克并不知道入口在哪里。或许他有某个地下的地图，他知道在地下哪个地方藏着画作，但很显然他并不知道大门在哪里。

只要给我一天半的时间，我就可以找到画作。唉，有些人就是这么厉害。尽管马上就要成功了，但我还要保持冷静，今天的任务已经完成了，我要马上回到基地。等我把一切都告诉兄弟们，他们肯定会很兴奋。我仿佛已经看见他们的表情了。

我一边穿过灌木丛，一边在思考如何打开门锁。找钥匙？卡普斯特卡肯定有。或者使用撬锁工具？如果游戏机上我能搞定一切。嗷！我的肩膀上感到一阵疼痛。我感觉像是被钳住了。

“没那么快。你先告诉我你在这里干什么？”

我知道撒谎不是什么好事，但……你们自己说，我能告诉他真相吗？跟踪卡普斯特卡的事已经过去了——在我看来，基克并不像是能接受这种小把戏的人。但秘密的门呢？我也不用再惦记着发现遗失了的莫尔特收藏品的荣耀了。因为基克并不会跟我分享名誉——这个男的总是一个人行动，成功和失败都记在他一个人的账上。我能理解他。在这种情况下我没有其他办法，只能将他看做敌人并且……对他撒谎。还好我与生俱来的聪明才智帮了我。

“我肯定是因为梦游才来到这里的。当您抓住我的肩膀时，我就醒了，并吓了一大跳。”理解力强的人们，比如说你们，肯定明白我并不是一个胆小鬼，只是我打算让我们的谈话能够激发他的负罪感。“您知道的，不能猛烈地叫醒一个梦游的人，我可能会死的。”

基克放开我的肩膀，摸了摸胡子。他的假眼看向某个远方，在当时的环境下，这看起来非常吓人。

“没错。就是那种会在梦中走动的人，”为了以防万一，我解释道。毕竟基克是寻找宝藏的专家，但不是医学专家。

“这么说来……”基克停止摸胡子，用健康的那只眼睛看着我，好像库克罗普斯似的。“这么说来，小伙子……”

我笑道（只是偷偷地笑，希望你们能理解）并尽可能礼貌地补充道:

“您说得非常有道理。谢谢。”

我郑重地朝城堡的方向走去——我其实很想跑，但我必须懂得控制自己的情绪。我不想让基克知道，他轻易地放过了我。就像雷什卡女士说的那样，强中自有强中手，比如探险家先生。还好我机灵，我可以逃离现场了。可就在我走了几米远后，我听见他提高了嗓门说道：

我的全身仿佛被冰冷的电流穿过，胃剧烈地翻滚，翻滚得如此剧烈，以至于我的舌尖尝到令人反感的酸味。真见鬼！他知道！基克什么都知道！怎么会？什么时候？我当时那么全神贯注地在跟踪卡普斯特卡，所以没有意识到——注意了，引用妈妈的话，“有人尾随我”？幸运的是，我是背朝着基克的，因为我现在的表情太不正常了。如果这一刻有人看见我的表情，可能会对我的智商产生怀疑，因为毕竟说来我跟吼猴有相同的基因。我的表情是这样的：

“呜呼！呜呼！”基克嘲笑道。

我没有管他。我努力向前走，仿佛什么都没有发生似的。但这并不容易，因为伴随我的是寻宝者基克愉快的大笑声。

第
R.I.P.

章

我跟你们说，如果我生气了，那么我就会一言不发。几秒钟之后，我会因极度气愤而发抖。说心里话，有一件事是明确的，那就是我不喜欢制造噪音，毕竟我呆在房间之外这事是完全违规的。所以在这种情况下，无处可以发泄我心中的怒火。

我像扫把下的老鼠一样悄悄经过秘密的通道，快速地来到我之前看到卡普斯特卡的地方。小老鼠已经离开了盔甲的那个位置。我原本想，它只是简单地离开了。但我马上就意识到，小老鼠有很好的理由逃离。甚至是两个理由。

在傻大个的大脑还没来得及消化最后一句话之前，我从他们中间飞速穿过，我觉得这是回去睡觉最好的时候。

快跑是我的长项，多亏吼猴的训练。

但我在逃跑中的优势迅速减弱。尽管卡尔克的呼吸沉重，但这种情况下，长跑对六年级的人有利。因此，我有点担心，我离我的房间还有好些路。

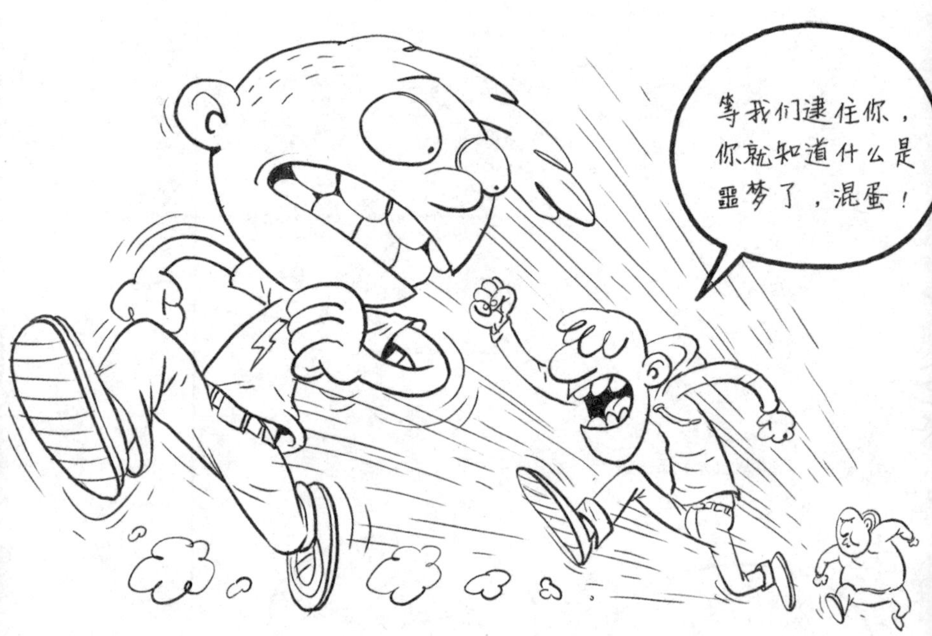

在正常的情况下，我会试图用尖锐的话回敬他们，但现在不是正常的情况。我竭尽全力奔跑，但我感觉，这速度还是不够。傻大个们已经快要踩到我的脚后跟了，我知道，我必须冒险一试了——不然我就没办法让自己获救了。

傻大个儿吓傻了。他们也不想被夜巡老师逮住，而这个声音足以吵醒半个城堡的人了。当然了，如果我们是在住人

的那部分区域里的话。少年白和卡尔克并不会如此高效地思考，理性地分析危险。因此他们被惊呆了，多亏这样，就像通常说的那样，我又回到游戏中。而这场比赛对我的意义重大。我希望我是第一个冲向终点的人，这样我就不用挨打了。我回头看看，想确认自己是不是可以放松地喘口气了。完全不行。

我进入——用爸爸的话说，第二轮逃命中。我转进走廊的一侧。我相信除了思想之外，我最该被认可的是随机应变的能力。我越是选择这种曲折的小路，我就越容易甩掉尾巴。

在几个转弯后，我发现这种战略太完美了。当我回头的时候，已经看不见少年白和卡尔克了。只有他们低沉的脚步声在告诉我，他们还没有放弃。哎，不那么聪明的人总是会展示出他们惊人的执着。我姐姐就是一个最好的例子。吼猴还是对她的“杀猪声”充满信心，尽管有那么多暗示表明她没有唱歌的天赋，但她仍用所谓的歌声折磨着全世界。想到吼猴，我笑了出来。只是不到一秒钟后，现实用最残忍的方式回应了我之前的笑声。

所以传奇故事就要结束了？握着酸苹果在城堡某个看不见的地方，发生着美丽的故事和美丽的探险？这让我想起一个武术大师说的话："我是不会轻易被打败的"，我打算运用一下这句格言。

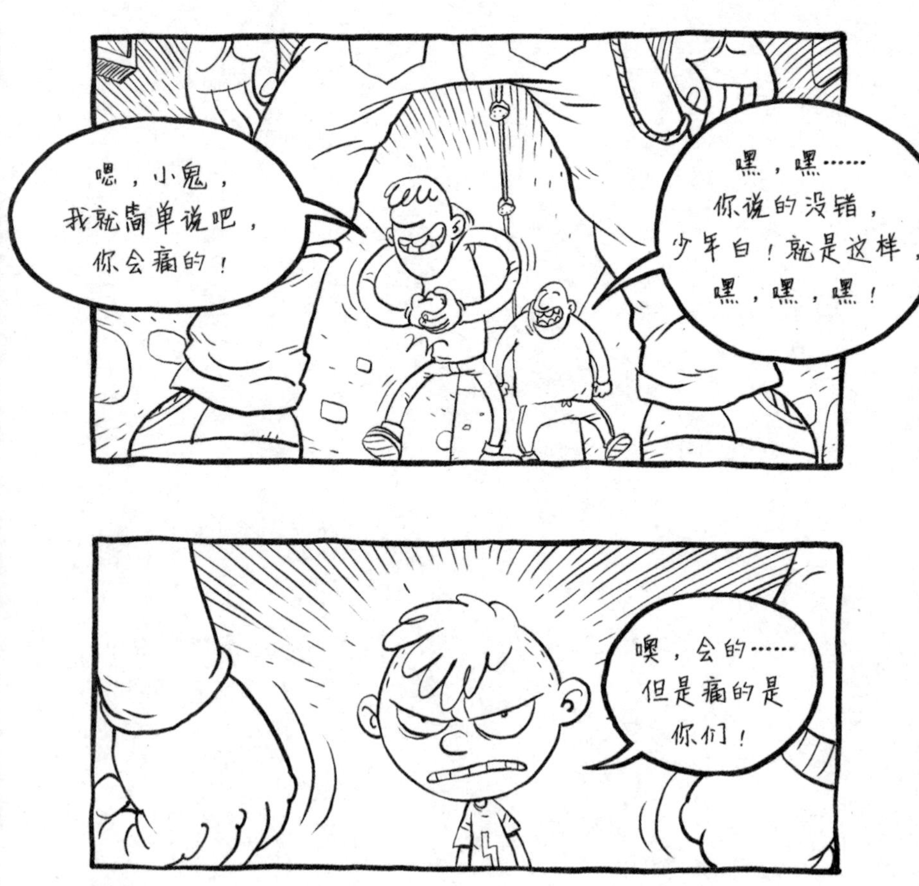

在傻大个们还没来得及理解我的话，我已经摆出了格斗姿势。

这个办法不错，因为他们的表情有点变了。我跟你们说——这些蠢驴一般都表现得很蛮横，直到有人敢反抗他们。但仅仅是表现的勇敢并不足以避免冲突——没有那么好的事，但总是能够增加一些胜算。我举着拳头向前走，打算再向前一些。我要让少年白和卡尔克见识一下我空手道的实力。

但遗憾的是，这并不是一个好主意。

一秒钟之后出现了最糟糕的情况。这对我们来说简直像是大屠杀。

警报还只是开始，马上又喷水了。

这次少年白展现了非凡的预见未来的能力。在某种程度上我觉得我也有同样的计划：逃走并且不被抓住。但打响警报和天花板下的大雨是一件大事，必须要有人顶罪——不能说是猫咪、猫头鹰或是鬼魂踢的。我明白这一点，少年白也明白这一点——而卡尔克则不太搞得清楚状况。所以，在我还没来得及行动，少年白往我肚子上打了一拳，瞬间我眼前一黑。我呼吸困难，令我感到庆幸的是，我好久没有吃东西了。过了十几秒，我才能睁开眼看看，实话说——情况看起来不妙。

这个世界上有一些人，他们总认为事情还可能更糟。通常我们称他们为悲观主义者。但这一刻，我却开始觉得，他们只不过是现实主义者——他们能看到真实的情况。因为还能怎么解释这个情况：

如果有人想说，我现在遇到麻烦了，那就什么也别说了。

第8章
BLAC

本来不应该是这样的。我高高兴兴地去夏令营，整整一周都不用被吼猴奚落、带帕普特去遛弯，本来应该是超好完美的计划！

但实际上呢？不用多聪明就能知道是什么情况。

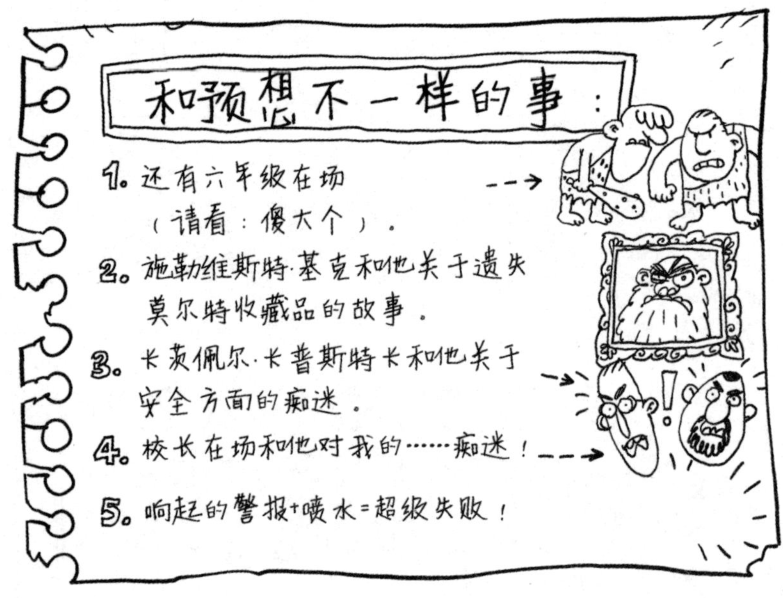

如果你们指望少年白和卡尔克会承担哪怕是部分的责任的话，那么你们要么是昨天才出生的，要么就是太天真了。我可以毫不犹豫地说，他们也参与其中了。但我并不打算为自己洗白或是拉他们下水（不是因为我喜欢他们——只是我不想为自己辩解）。成功人士应该要做到——注意了，用维泰克的话说，“能承受住”这样的失败，并从中总结出对未来的借鉴。

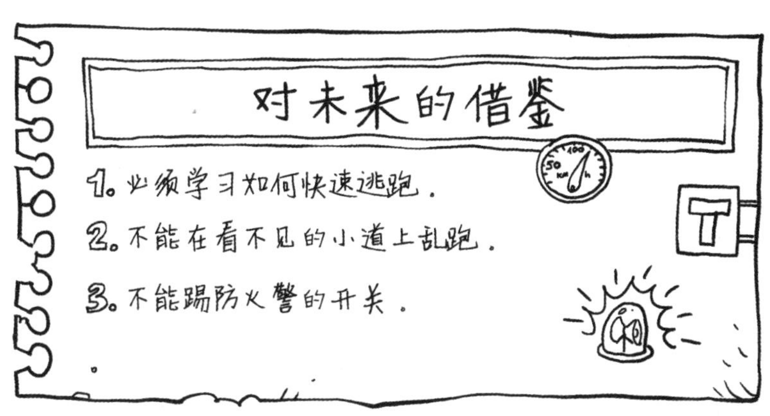

未来的事未来再说吧，我现在有不少事需要承受。用最简单的话说——我成为了一号人民公敌。

你们觉得我说的夸张了？我也希望是这样。我们班的孩子们是这样看我的：

甚至是六年级的人——不只是少年白和卡尔克，突然间都很愤怒地看着我。

就更不用说老师们了……

没有什么能让冲突缓和下来。

冷汗从我的后背流下来，喉管里仿佛塞了一个木块。被学校扔出去——这简直是一个悲剧！在第97小学，我熟悉每一个角落，每一面墙。这是我的学校！我在这里有小伙伴！或者说我曾有过，因为现在他们的表现是这样的：

卡罗拉对我的态度也没有更好一些。

“犯傻？”卡罗拉皱紧眉头。“你把整个旅行都毁了，我们为这趟旅行都期待一年了，而你就只说一句‘你犯傻了’？”

我想再补充一些。我还想说校长刚刚警告我，要将我赶出学校，但卡罗拉转身走了。我怎么会料到，我的夜间探险会有这么糟糕的结果?

夜间探险可以预见的糟糕后果

1. 学生手册上被警告。
2. 被叫到校长办公室训话。
3. 被雷什长女士教育。
4. 可能导致行为表现评分降低。
5. 爸妈肯定会被叫到学校谈话。

第4和第5点是我觉得最糟糕的后果——注意了，我难得引用吼猴的话，“艰难模式”，也就是最糟糕的情况。然而我没有考虑到卡茨佩尔·卡普斯特卡焦虑的天性。城堡的管家刚刚洗完澡擦干，他弄好一切后，扯着尖锐的嗓门来到校长那里。

校长的脸因为气愤而涨得特别红，以至于有一会儿我以为他的脸会爆炸。他点点头，说道：

“我查一下最早什么时间能租到大巴。”

上午却发现，最早可能到这里接我们的大巴要到晚上很迟的时候。这至少是一件好事……遗憾的是，除了我以外，没有人看到杯子里还有一半的水……好吧，至少还有十分之一的水。所有人，包括我的伙伴们，只是注意到我们仅仅过了一夜就必须结束我们的夏令营。

在这种情况下，寻找遗失的莫尔特收藏品这事就没那么重要了。或许不是对我而言，但是对兄弟们来说肯定是没意义了。开始，在卡普斯特卡要把我们赶出去之前，肥仔和维泰克似乎还因为我没有带上他们俩而不满：

“我不想让你们冒风险。”我尽力解释道。

“胡说八道！”肥仔一脸严肃，好像我要吃掉他最后一块巧克力棒。

没有什么比不公正的指责更让我失去信心了。我气炸了，甚至没有问肥仔他怎么认识“荣耀”这么难的单词。我只是气愤地说道：

当我的情绪平复下来后，我后悔说了那些话。我甚至想让肥仔原谅我，通常情况下他肯定能理解，我是气坏了。我们击一个掌，这事就过去了。当夏令营结束的消息传开后，就像一般说的那样，我的信任度就为零了。整个气氛，委婉地说，并不是最好的。

因为我们只能再待十几个小时了，所以所有的计划都要变。校长必须打电话给父母，告诉他们亲爱的孩子提早回来的事。我可以想见，有些家长的反应并不是很兴奋。

与此同时，雷什卡女士开始组织分配森林探险小组。正常情况下，我肯定会很高兴，但现在我的心里连高兴的影子都没有——敏感的人们，比如说你们，肯定不用我再解释了吧，在这种情况下，没有什么能让我高兴得起来。我的情绪还因为下面的事而难过：

“噢，不行！”雷什卡女士激烈地抗议道。“你在那里搞砸的事已经够多的了。”如果那个可怜的卡普斯特卡先生看到你没有人管着，他肯定心脏病都要犯了。

嗯，没错。那时候在我的罪行清单上还会有谋杀这一项，而我自己的妈妈必须要将我逮捕。

“或许……”雷什卡女士环顾了一下我们班的孩子们，最终她找到了“牺牲品”。

所有人都知道这不是一个请求。四年级剩下的人都明显的舒了一口气。兄弟们和卡罗拉并不开心，但他们有什么选择呢？在学校里学到的一件事就是，面对惨淡的生活也能做出开心的表情。而我们已经接受了将近四年的教育。因此最终当我们说的时候，我们表现得很有说服力。

就这样我们一起动身去森林。

第9章

有些时候，我很遗憾我不是好莱坞的英雄。你们懂的，就是那种当季的热点，一个周末赚的钱比爸妈、我和吼猴加起来一辈子赚的还多。

如果我的命运是由美国剧作家写的，那么夏令营肯定会完全不一样。与痛苦的经历相反，全都会是有意思的情况，比如有人在森林里迷路了，有人被蜜蜂蛰了，男孩子们把女生吓着了或者是反过来，肯定少不了还有马桶被堵了，而肥仔第二天就会吃完巧克力棒。当我和我小组郁闷地走在森林中寻找指示牌时，我幻想着所有的这些事。我很高兴肥仔打断了我的这种紧张感。

见鬼！如果我有巧克力棒带在身上就好了！我依旧试图利用这个机会，提醒兄弟们我的存在。

“或许我们能够早点回去，这也挺好的……”

兄弟们和卡罗拉气愤地看了我一眼。或许我保持沉默会更好一些——看起来，不管我说什么，都会遭人反感。森林探险让我完全提不起劲来，总的来说什么都让我提不起劲。我看见几块石头，我坐在上面，我哪儿也不想去——我就这么坐着。

我一言不发。我的喉咙里仿佛有东西堵着。我希望肥仔能走开。但他却站着，看着我，好像我是动物园里某个不常见的物种。更糟糕的是，维泰克和卡罗拉也加入其中。他们什么也没说，只是看着我。我用力咽了一下口水，我听见自己用嘶哑的声音说道:

空气中仿佛被电击中一般。兄弟们和卡罗拉的表情说明了一切。

“你说什么呢？”维泰克最先开口说道。“如果是剥夺一个星期的学生权利，我还能够理解。而我们自己最多再过两天跟你说话，然后这事就过去了。”

“校长清清楚楚跟我说的。”我并不想博得他们的同情，但这是事实。“此外……”

“嗯，这很难反驳。”肥仔显然不是安慰人的高手。

“但至少你这样的做法不会让人感到无聊。”卡罗拉是真的这样说了还是只是我想象的？

“我毁了我们的旅行。我毁了所有的一切”我说的都是实话。“对不起。我没想到会这样，本来不该是这样的。”

“我本来是要在基克之前找到莫尔特的收藏品，然后整个国家都会讨论我们的旅行。”

“我才不相信这些鬼话呢。”尽管卡罗拉皱了皱鼻子，她看起来还是美极了。

“我是认真的……我真的有计划。”我肯定地说道。

“我说的不是这个。”卡罗拉做了一个仿佛解决了数学难题的表情。或许对她来说，数学难题根本就不难。“我读了很多关于这座城堡的事及它的历史，但从来没发现这座建筑和莫尔特的收藏品有关。”

“维泰克，肥仔，你们记得吗？我在大巴上跟你们说的东西？”

“呃……”肥仔可怜巴巴地看着维泰克。

“你们肯定记得一些……你们当时听得很认真。”

嗯……我记得跟这有点不一样——毕竟我时不时会看向车尾。一般看到的情况是这样的：

“男生们……”卡罗拉叹气道，而这个叹气让我想起了吼猴……“历史上的战争，离城墙很远的地牢，甚至有鬼魂……关于这个话题有很多资料。”

“怎么？你害怕了吗？”

正常情况下，我肯定会对卡罗拉的这种怀疑感到不满。现在我却不是很确定，她会不会对我感到不满，所以我直接说道：

“你知道的，我什么也不怕。”

卡罗拉看了我一眼——不是这种普通的目光，而是她独特的，女生责备的眼神。我自己也不知道为什么，但我说道：

我快速地找到了事情的核心，因为毕竟我的勇气在这一刻并不重要：

“你想说，基克对我们撒谎了？”

“这我不确定。”卡罗拉眯着眼睛，像是一只准备进攻的猫。“或许他只是弄错了，或许他不想暴露他想在地牢里真正找的东西。”

“他将要找。”我感觉我有责任去更正她。

卡罗拉和兄弟们好奇地看着我。嗯，没错。因为警报造成的整个混乱，卡普斯特卡又将我们从城堡里赶了出来，我还没来得及向他们炫耀我的夜间发现呢。

我用简短的军人式语言向卡罗拉、肥仔和维泰克讲述了我是如何跟踪卡普斯特卡，并找到了神秘的被锁住的地牢大门，我还提到碰见基克的事。

“嗯……”维泰克擦了擦眼镜。“一定要检查一下大门是不是还是被锁着。如果不是的话，那么……”

“我们还有机会。”维泰克补充道。

我马上就知道，我之前有点误解了。所以我宁愿再确认一下，我非常害羞地问道：

肥仔咧开嘴大笑：

“疯子，我可不会长时间生你的气！”

“我怎么会呢！击个掌吧。”维泰克伸出手，而我开心地跟他击掌。

“卡罗拉？”我瞄了瞄她的方向，我看见——注意了，引用爸爸的话说，“我仿佛回到了家里”。

就像通常说的那样，我玩的是风险最高的游戏，我压上了所有的赌注。卡罗拉轻轻拍了拍我的肩膀，尽管将我从学校开除的事依旧阴魂不散，但和我的朋友们在一起让我感到了希望。

“欢迎回来，老大。”维泰克像狐狸一样呲牙笑着。

我必须承认，这让我很感动。

“跟我来，我向你们展示地牢的入口。”

我又恢复了自信。

我好几次在森林中迷路，脸上粘了很多蜘蛛网，我忘了用防虫喷雾，但尽管如此我仍旧感觉很好。兄弟们也不像以前那样会抱怨了。只有一次，肥仔停了一会儿。

“你问我？”我感到奇怪。“卡罗拉，你觉得呢？”

“如果你想去医院，那么祝你胃口大开。”

我为肥仔感到惋惜。等所有这一切都结束后，我打算请他去吃冰淇淋。花钱就花钱呗！我要请整个团队。

几分钟后，我找到了被隐藏着的入口。即使在白天入口依旧很容易被忽视。幸运的是，从小我就有很好的记忆力，我总是能够找到那个地方，哪怕之前只去过一次。这是真的。甚至爸妈都注意到了这点。

“就是这里。”我将覆盖在门上的匍匐枝条拨开。

“我跟你……”维泰克喊道。

刚开始，我不知道为什么我的兄弟会做出这么蠢的表情，蠢到可以和我姐姐的相提并论。不到一秒钟之后，我自己就看得更清楚了。

原因是很显然的。

好问题，我的兄弟。现在怎么办？

第

0章

“我们进去吧。”我一边说，一边大步向前。

没有人回答我，我回头看向他们。

“吉米，我只是在想……”维泰克用脚在地基上踢出一个坑。“或许已经来不及了。”

“另外我们还没有计划。”肥仔也加入其中。

从什么时候开始，肥仔这家伙需要有计划才能行动的?

“我们没有时间研究战略了。”我尽可能平静地解释道。“如果基克在里面，那么我们至少可以成为画被发现时的见证人。嗯……”

我沉默了一会儿。我真的是这么想的嘛? 我是不是夸张了? 但最终我说了我一直想说的话，自从我听说了关于莫尔特收藏品的事后就想这么说。

“所有说你们俩还是有点相似的。”卡罗拉利用这个机会戳了一下我的痛处，稍微戳了一下。

“是的。”反驳也没有意义。我不打算解释最近发生的这些事。“至少我不是故意做所有这些不好的事。”

“不过……你说的有道理……。”

“怎么样，你们跟我一起走吗？”

“我们还有其他选择吗？”维泰克苍白地笑道。

尽管这看似一个愚蠢的问题，但其实并不是。曾经我肯定会毫不犹豫地说道：“没有了！别当胆小鬼！我们行动吧！”。或许整个事让我成长了（我回去后就检查自己是不是长了胡子），因为我说道：

“已经不可能更糟糕了。”卡罗拉为男孩子们感到羞愧。“如果我们成功找到那些画，就可以作为不把你从学校开除的依据。”

我喜欢这个女孩的想法！有些时候她的一些主意，甚至连我都没有想到。这里我说的不是那种很难理解的概念，我才不愿意在休息日去学习数学呢。

“先生们？”我转向维泰克和肥仔。

有那么一会儿，我不知道肥仔是不是在说笑，但当他的眼睛看向我们的时候，我就完全相信了：近朱者赤，近墨者黑。肥仔毕竟跟了我那么多时间，所以这没有什么奇怪的，他的幽默感和智力都提高了。我对人就是有影响力。

“跟我走！”在进入地牢后，我说道。

过了一会儿，我的眼睛才适应了这里昏暗的光线。我原以为会有腐烂的气味，但奇怪的是，空气还是可以忍受的——有人已经想到用好的通风设备。只是很狭窄，走廊只能允许一个人费劲地通行。

如果心跳超速要罚款的话，那么我就可以跟我储蓄罐里的钱告别了。心脏几乎要从我的胸口跳出来。冷汗像瀑布般流下来。呼吸越来越快，但我还是感到缺氧。还记得我不喜欢狭窄的空间吗？可……这时候有人抓住了我的肩膀：

“你说的简单，我平静不下来。”

“隔着衣服呼吸。”卡罗拉建议道。

我用不到一秒钟的时间考虑了这个建议，但我最后认为，真正的男子汉应该用更加尊严的方式解决这个问题。

“我才不要呢。”我甩开她，独自向前走。

我只是希望，我们能快点到达那个地方，比如像我知道的那种大房间或是类似什么的。还出现了一个常见的问题——越来越暗，但我们没有带手电筒，甚至没有带手机。谁能想得到呢？！呃……突然通道处出现了一个转弯，我宽慰地注意到，空间变开阔了，而且也……更明亮了。

就如你们看到的那样，不用是天才也会意识到，这不是一个正常的被遗忘的地牢该有的样子。

“我们一定要保持安静。”我命令道。

“但我们现在去哪？”卡罗拉追问道。

我强迫我的大脑开始思考——为了让脑子缓过劲来，但穿过狭窄的通道已经让我筋疲力尽。有了！看看光是从哪里来的。

我尽量让脚步声轻一点。但毫无疑问，基克已经在我们之前找到这里了。问题在于，他是否已经拿到了“战利品”？或许那些画在某个更隐秘的地方？毕竟地牢是巨大的，根据卡罗拉读到的信息，地牢像一个全是秘密房间的迷宫。但是像卡普斯特卡这样的胆小鬼也能到达这个地方……我脑子疯狂地闪过一些念头。我必须保持冷静。我们朝目的地走去。

“一、二……”我越来越兴奋地小声喊道，“三！”

我们仿佛是某支突击队那样跳到中央。但……并没有人因为看见我们而尖叫，也没有人逃跑或是攻击我们。而我们却站着一动不动，因为或许我们当中没有一个人知道我们看见的是什么。

这是什么？

纸币像废纸一样到处都是。我吃惊地捡起边上的一堆纸币。

“更正一下：没有计算器或者没有卡罗拉，我没法数完。”我开玩笑的，尽管实话说，我并没有心情开玩笑。在房间里可以闻到印刷的味道。纸币是崭新的，甚至可以说还是热的。

“这不是真正的钱”我说道，所有人在这一刻都是这么想的。

“真的吗？”呃，或许所有人……但除了肥仔以外。

“抱歉，肥仔，”我斩钉截铁地说道，“全是假的。”

我又一次感到遗憾，我们不能拥有手机。大人们真的能够预见未来所有的情况？如果由我来制定校规，我们肯定不会陷入这样的处境，我们马上就要揭开世纪最大的假币案，但却不能通知妈妈或者是警察……在这种情况下我们只有一条路。

我们小心地向前走。“啪！啪！”我快速地定位了声音的来源。

我们忘记了安全法则，冲到被封锁的门前。当我看向不大的牢房里时，胃开始感到不舒服——这就是我看见的：

唔唔唔！！！
唔唔唔！！！唔唔！
唔唔唔唔！！！
唔唔！！

第11章

寻宝者用一只眼睛盯着我们，另一只眼睛漫无目的地看向周边某一处。口中的粗绳让他无法开口说话。我的大脑在高速运转。

打印机、假币，还有被关在牢房里的基克……我很快明白了，只有一个合理的解释：基克不是妈妈在寻找的造假者。准确的说！不是全国警察在寻找的造假者！我毫不怀疑，造假者就在这附近的某个地方。我还没来得急仔细想，就从走廊传来急促的脚步声，一会儿尖锐的声音就刺痛了我们的耳朵。

“我奇迹般地将他制服。警察已经在路上了。”

“嗯嗯嗯嗯！！！”基克痛苦地扭动着，好像衣领里有一群有毒的蚂蚁。

没有他的提示，我也不会相信卡普斯特卡的任何一个字。但我装作不知道，寄希望这样能让我们安全离开这里。

卡普斯特卡呲牙笑着。这不是一个好的笑容，看起来像是一条准备用毒牙咬人一口的眼镜蛇。在我还没来得及走出去之前，卡普斯特卡却带着笑容，指向寻宝者旁边的一个牢房。

我跟其他队员交换了一下眼神。我们四个中只有肥仔没有练过空手道。没关系，我们有技能，他有肥肉。我们一起可以打败这个虚弱的卡普斯特卡。但在我们采取暴力之前，我打算给管家最后一次改过自新的机会。如果哪怕他有一点头脑的话，就会让我们走——他的律师肯定会利用这个作为让他减刑的理由。

我可以发誓，卡普斯特卡的嘴巴发出“嘶嘶嘶”的声音，就好像一条蛇。但我不会第二次上当了——他不过就是一条蠕虫。我朝出口的方向走去，但这时他突然从口袋里掏出一个东西。

电击棒！所以他是用这种办法制服基克的。如果不是电击，像基克这样身材魁梧的人肯定将这个瘦弱的人捏得粉碎。

“到牢房里去，马上！”卡普斯特卡甚至没有再努力装模作样一下。他的伪装结束了。

“绝对不可能，”我努力平复情绪，但声音确实颤抖着。“游戏结束了。”

“去牢房！”

肥仔双腿发软地走进牢房中。卡普斯特卡又开始笑。维泰克想利用他这个放松警惕的瞬间——他像剑一般地冲了出去。但卡普斯特卡的反应比我们预期中更加迅速。

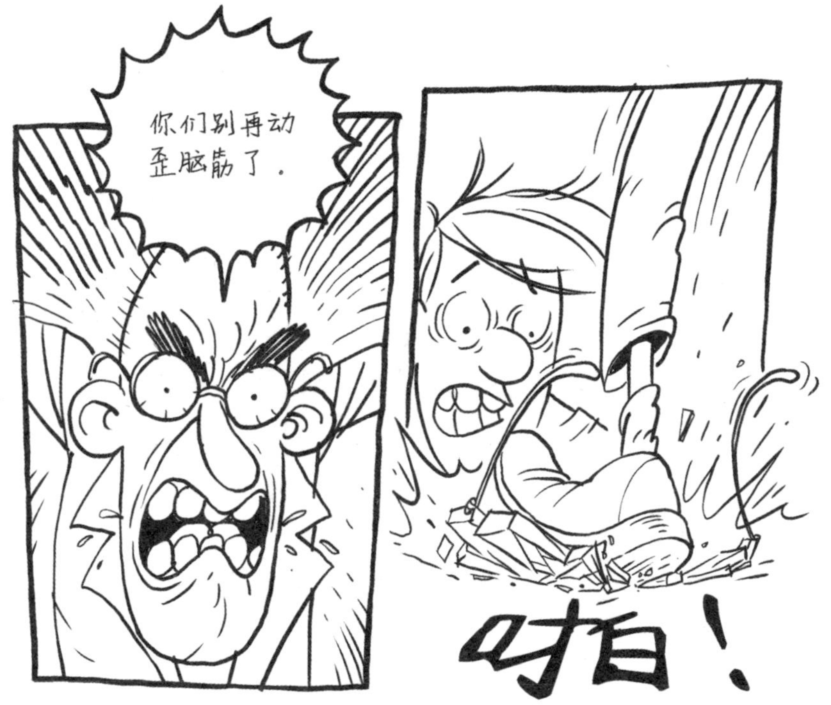

“我最后说一遍，你们到牢房里面去。”造假者兴奋地彰显自己的权威。

我和卡罗拉一起帮维泰克站起来。他伤痕累累，更糟的是眼镜碎了，他什么也看不清。我们走进牢房，而卡普斯特卡关上栅栏，从口袋里拿出挂锁，将我们彻底关在里面。

“如果我们没有回去，老师们会通知警察的。那您就会有麻烦了。”我努力说服卡普斯特卡恢复理智。

“为什么坏蛋们做事不能够理智点？”——我脑中自然地出现这样的想法。遗憾的是，这个坏蛋是理智透顶的。

“被遗忘的鬼魂的地狱。”卡罗拉显然读过关于这座城堡的每一个奇闻轶事。遗憾的是，因为校长的关系，我没能在来这里的路上听她讲。

“没错……你们可以在这里随便喊。没有人会听到你们的喊声。没有人会找到这里。这里的入口只有我知道，你们和……基克。事实就是，你们，还有他，从这一刻开始，就如通常说的那样——失去自由？”

卡普斯特卡发出笑声，这种笑声让我感到不舒服。突然他大笑起来，像他开始那样。

“当我认真思考这件事的时候，这甚至让我感觉不错。”卡普斯特卡的脸上又重新扬起令人恐怖的笑容。“你们的探险可以帮我打掩护，我本来必须时不时地接待那些客人，但这次发生三个孩子走丢的悲剧之后，很长一段时间都不会有人再来了。”

“您不能将我们永远扔在这里！”卡罗拉喊道，“我们不可以，寻宝者也不可以。”

“不会永远的。只要等到你们因饥饿和绝望而死后就可以了。”

我眼前一片昏暗，明亮的光点像疯了一样在跳动。

“您不可以。”我努力说出这句话。

“你们不会以为，我还会给你们食物吧？”

卡普斯特卡又一次恐怖地大笑道。这一次没有被打断，只是他走远了，笑声仍旧在回荡。

过了几秒钟后，就安静下来了。只能听见我们被吓坏了的喘气声。半个小时前，我还觉得我碰见最糟糕的事是被学校开除。

我们相互沉默地看着，直到维泰克打破了这种沉默。

我苦涩地笑了笑。跟他们在一起，死亡也让人感觉不那么可怕。

——我观察了一下周围。

只有那扇铁门能出去。我想之前肯定已经有比我们强壮的大力士试过了……

“这就是坟墓。”我最终说道。

基克在隔壁牢房四处翻滚，仿佛一只被困在陷阱里的老虎。唉！他真的能将口中塞的东西弄出来吗？

“嘿，小鬼！”尽管基克的声音让人感到不舒服，但这一次我还是很欣慰能听到他的声音。

“吉米。我的名字叫吉米，”我可不是什么‘小鬼’，只是还没开始进入发育期。

到时候我就会快速窜高，哈，哈！我知道肯定会是这样，是因为爸爸也是很晚才开始长高的。

他难道是被电击棒击昏头了才会有这样混乱的念头？我觉得是的。基克却不放弃。

“这是我们唯一的希望！那种通道像你这样的钻进去肯定没问题。”

“他在说什么？”我转向卡罗拉，而她没说话，用手指向那里：

“你或者是你的伙伴们中的一个！最好快点！”基克不是恳求，而是命令我们。

我叛逆的天性本来想说，绝对不行！你们不会认为我是因为害怕或是其他什么吧？不过这或许真的是我们最后一块救命的甲板。我看了看我的团队。

维泰克倒是足够瘦，但是没有眼镜，他的机会不大。于是只剩下我和卡罗拉……

尽管我们的权利是平等的，尽管我一点也不想去，但……我不能允许她去。不仅仅是因为卡罗拉是一个女孩子。

“噢！”肥仔将我抱得太紧，以至于我的眼睛都快要被挤出眼眶了。

肥仔控制住自己的情绪。卡罗拉走到我身边。她非常严肃。我还从来没有见过她这样。

“你一定要当心。现在已经不能再犯错了。”

难道是我的错觉？卡罗拉的眼睛湿润了。但我没有时间去观察，因为卡罗拉做了一件事，我这辈子从来没有想到她会这么做。

“你是要救我们，还是让我等待你们的婚礼?!”基克嘶哑的声音提醒我们，我们正面临着怎样的困境。

我站在肥仔的肩上，看向黑洞洞的通道，关于这个通道我什么都可以说，就是说不出我想要爬进去……

第 12

章

真不敢相信，我是自愿爬进这里的……通风口里特别压抑和昏暗。我说过，我不喜欢这样的环境！好吧，“不喜欢”这个词程度太浅了——我对这种环境感到害怕极了！你们可以叫我胆小鬼，我不在乎。

开始几米我还可以搞定。我能听见维泰克、肥仔和卡罗拉鼓励的尖叫声，甚至基克从他的牢房里发出斥责声。但等我爬到通道的深处，一片漆黑，声音也没了。这种安静让人无法忍受。我只能听见自己的呼吸声，还有心跳的声音，甚至血液流过血管的声音。我又变成像一只气喘吁吁的狗一样呼吸，呼吸的速度超过了高速公路时速的上限。我的眼前开始冒星星，我的肌肉在发抖。

我感觉像是坐在旋转木马上，马上就要死了。“不对。是马上就要晕过去了”——我努力让自己平复下来，但根本没有用！空气！我需要更多的空气！墙在压迫着我。我马上就要窒息了。一切都结束了！卡普斯特卡赢了。我们要死了。卡罗拉、兄弟们和基克要死在这个被遗忘的中世纪鬼魂地狱里，而我则在这愚蠢的通道里。我本来想要大哭一场，但是愤怒激起了我的斗志！游戏结束？真的吗？！再也不能和伙伴们见面，戏弄卡罗拉，和老师们开玩笑，和爸爸妈妈聊天，带帕普特遛弯，画吼猴的漫画？我不能窒息死在这里！世界上没有我将变成更糟糕的地方！我猛力地吸气。但一点用也没有，反而更糟。这时我想起卡罗拉的话——隔着衣服呼吸。

刚开始几口气非常糟糕。空气是热的，我甚至感觉马上就要失去意识了。但我仍坚持着，过了一会儿晕乎乎的头清醒了过来。起作用了！我数到十。慢慢回到正常的呼吸节奏。我还是害怕，但至少已经不在晕过去的边缘了。我强作精神，继续爬行。我的眼睛慢慢习惯了昏暗——考虑到周边的环境，算是看得非常清楚的了。向前！向着自由！计划是完美的，但出现了一点复杂的情况……

“现在已经不能再犯错了”——卡罗拉的声音在我耳边回荡。我不能允许自己再犯错了。只是我该怎么知道哪条路是通往自由的？我的眼睛开始流泪，这次是愤怒的眼泪。我赶快将眼泪擦干——不能再犯错了，也没有时间埋怨自己了。我必须继续向前爬行。我选了一条路，希望这条是对的。如果不是，那我就继续爬，直到找到对的那条路。只要我还有力气，我就还有希望。我相信直觉，所以选择了中间那条路。我正准备移动，这时我听见左侧传来轻轻地“吱吱”声。

好吧。虽然我很相信自己的直觉，但是在我看来，小老鼠生来就在这些通道里面打滚的。我是谁，凭什么怀疑它的权威?

你们知道吗？老鼠非常的聪明。我说真的。在走迷宫方面，没有哪个动物比老鼠更厉害了。所以当我跟在这个老鼠朋友的后面爬时，感到很放心。我相信它……嘿，运气不错!

呃，准确的说成功了一半——完整的成功是我必须抓到卡茨佩尔·卡普斯特卡。我环顾四周，景色非常美，只是树将一切都遮住了，所以我看不见城堡。我想起了所有的童子军技能——演练都是半夜开始的！可是……当我看着太阳正慢慢向西落下……如果大巴车带着校长、雷什卡女士和其他人走了怎么办？我必须小心点，绝对不能盲目地跑，更不能被卡普斯特卡抓住。一次都不行！幸运的是我看过几部战争片，我想我知道该怎么做。

前进了二十分钟后我走到了城堡那里。稍微有点慢。

我尽可能远地利用树木掩护自己，然后以最快地速度跑过去。事后证明，我没必要跑得这么快，因为当我站在面如土色的卡普斯特卡，被惊到的校长和一样被惊到的雷什卡女士面前时，我上气不接下气，咳得都说不出话来了。

呼……骗……呼……子！他……呼……是……呼……造……呼……假……呼……者！
吉米，别着急。你跑哪儿去了？
卡罗拉、维泰克和皮特去哪儿了？

卡普斯特卡利用了这个机会——

如果卡普斯特卡没有胁迫雷什卡女士，校长不会那么快相信我的话。

“卡普斯特卡先生，请您放下电击棒。您逃不了的。”

“我逃得了！把大巴上的人清空！”

我熟悉这种语调——当雷什卡女士用这种语调说话时，最好听她的！

可惜卡普斯特卡已经毕业太久了，他意识不到这种风险。

“安静！”他吼叫道，但吼叫是老师的专利。

之后发生的事，我这辈子还从来没有见过我的老师做过相同的事。

校长和大巴司机将卡普斯特卡制服了。学生们鼓掌叫好。我则问雷什卡女士：

“您怎么会这个？”

“我上学的时候学过柔道，”雷什卡女士脸红了。“我是波兰组的冠军。”

接下来闪电般发生的事。

接下来闪电般发生的事

1. 解救卡罗拉，兄弟们和施勒维斯特·基克。
2. 逮捕卡莱佩尔·卡普斯特卡——先是当地的警察来了，然后是我妈妈。
3. 记者们也赶过来了。
4. 祝贺、采访，总之一句话——众望所归（等回到家，他们就打来电话，所有执着的记者都想最先知道“我们当时在地牢里是什么感觉”）。

兄弟们和卡罗拉紧紧地抱着我，甚至基克也在嘟囔着什么，听着像是谢谢。在他离开之前，我问他知不知道卡普斯特卡印假钞的事。

“不知道。我在找莫尔特的收藏品，我相信那些画在那里的某个地方。”寻宝者挥舞着手指向地牢的方向。

随他去吧——我和卡罗拉交换了一下眼神，毕竟为什么我们要将他从错误中拉回来？或许他掌握了我们不知道的资料？我有更重要的问题需要解决，妈妈不顾一切要让我丢人。

妈妈冷静下来——毕竟她也是来这办公事的。当保护好证据及其他事后，校长来到我面前。

“好，好……吉米。我必须承认，你创造了奇迹。”

“不是我一个人，”我指向我的团队。“没有他们，我办不到。”

“嗯，没错，没错。”校长认同道。

“呃，关于开除的事……”我说道，但校长摆摆手：

“我们忘了这件事吧。我们怎么会把英雄赶出学校。”

我和同伴们看着卡普斯特卡被押上了警车。

“他在这里藏得不错，不是吗？”卡罗拉说道，“城堡年久失修，所以总是在修缮中，这就解释了为什么客人少。时不时只有某个夏令营来这里……”

“但他没想到会碰到谁，对不对？”维泰克猛力拍我的后背。

“哪里哪里……”我绝对真诚地回答道。

“没有什么‘哪里哪里’。你太了不起了！”维泰克坚持道，“只有伟大的人才配拥有这样的对手。”

你们知道吗？以前我会同意维泰克的说法，但我现在明白了，这不是真的。

别扯了！
怎么样？我们一起坐在车后面，好不好？
听你的，老大！
POLICIA

北京市版权局著作权登记 图字 01-2017-1867 号

图书在版编目（CIP）数据

吉米探案．古堡探秘 /（波）瑞法·斯卡瑞凯著；（波）托马斯·卢希尼亚克绘；吴俣译．—北京：中国铁道出版社有限公司，2019.7
ISBN 978-7-113-25652-4

Ⅰ．①吉… Ⅱ．①瑞… ②托… ③吴… Ⅲ．①儿童故事－图画故事－波兰－现代 Ⅳ．① I513.85

中国版本图书馆 CIP 数据核字（2019）第 053077 号

书　　名：吉米探案：古堡探秘
著　　者：［波兰］瑞法·斯卡瑞凯
绘　　者：［波兰］托马斯·卢希尼亚克
译　　者：吴　俣

责任编辑：范　博　　编辑部电话：010-51873697
编辑助理：王　鑫
责任印制：赵星辰

出版发行：中国铁道出版社有限公司（100054，北京市西城区右安门西街 8 号）
网　　址：http://www.tdpress.com
印　　刷：中国铁道出版社印刷厂
版　　次：2019 年 7 月第 1 版　2019 年 7 月第 1 次印刷
开　　本：880 mm × 1 230 mm 1/32　印张：7　字数：200 千
书　　号：ISBN 978-7-113-25652-4
定　　价：29.80 元
